O conde de Monte Cristo

Alexandre Dumas

adaptação de Telma Guimarães Castro Andrade
ilustrações de Cecília Iwashita

editora scipione

Edição
Sâmia Rios

Roteiro de leitura
Maria Amália Forte Banzato

Preparação
Ana Luiza França

Revisão
Cesar G. Sacramento, Ivonete Leal Dias,
Claudia Loureiro Virgilio, Roberta Vaiano
e Nair Hitomi Kayo

Coordenação de arte
Maria do Céu Pires Passuello

Programação visual de capa e miolo
Aída Cassiano

Diagramação
Wladimir Senise

editora Scipione

Av. das Nações Unidas, 7221
Pinheiros
CEP 05425-902 – São Paulo – SP
ATENDIMENTO AO CLIENTE
Tel.: 4003-3061
www.coletivoleitor.com.br
e-mail: atendimento@aticascipione.com.br

2023
ISBN 978-85-262-3859-6
CL: 733607
CAE: 223933
1.ª EDIÇÃO
23.ª impressão

Impressão e acabamento
Forma Certa Gráfica Digital

• • •

Ao comprar um livro, você remunera e reconhece o trabalho do autor e de muitos outros profissionais envolvidos na produção e comercialização das obras: editores, revisores, diagramadores, ilustradores, gráficos, divulgadores, distribuidores, livreiros, entre outros.

Ajude-nos a combater a cópia ilegal! Ela gera desemprego, prejudica a difusão da cultura e encarece os livros que você compra.

• • •

Dados Internacionais de Catalogação na Publicação (CIP)
(Câmara Brasileira do Livro, SP, Brasil)

Andrade, Telma Guimarães Castro
    O conde de Monte Cristo / Alexandre Dumas; adaptação de Telma Guimarães Castro Andrade; ilustrações de Cecília Iwashita. – São Paulo: Scipione, 2001. (Série Reencontro infantil)

    1. Literatura infantojuvenil I. Dumas, Alexandre, 1802-1870. II. Iwashita, Cecília. III. Título. IV. Série.

00-4454   CDD-028.5

Índices para catálogo sistemático:
1. Literatura infantil 028.5
2. Literatura infantojuvenil 028.5

Sumário

A chegada 4

O senhor Dantés 8

A conspiração 10

O juiz Villefort 12

O Castelo de If 14

O padre Faria 16

Um segredo 20

Piratas! 23

O tesouro da ilha de Monte Cristo 26

O primeiro: Caderousse 28

Ajudando o senhor Morrel 30

O jovem Albert 31

O reencontro 32

Novas revelações 35

O segundo: Danglars 37

Caderousse & Benedetto 38

O escândalo 40

O duelo 41

O terceiro: Villefort 43

A fuga 44

Confiar e esperar 46

Quem foi Alexandre Dumas? 48

Quem é Telma Guimarães Castro Andrade? 48

A chegada

Os navios sempre eram recebidos por uma multidão curiosa no porto de Marselha. Naquela tarde, logo que o senhor Morrel avistou seu navio Faraó, percebeu que havia alguma coisa errada.

– A bandeira do Faraó está a meio mastro... Isso quer dizer que alguém morreu! – comentou com um de seus filhos.

– Não se preocupe... O capitão Leclère deve ter cuidado de tudo. – O rapaz tranquilizou o pai.

No porto, a linda jovem Mercedes esperava impacientemente por seu noivo, Edmond Dantés, imediato do navio. Os dois iam se casar assim que ele voltasse dessa viagem.

Fernand Mondego, primo de Mercedes, também era apaixonado por ela. Ao ver a bandeira a meio mastro, desejou que o morto fosse Dantés.

Entretanto, para a desilusão de Fernand e alegria de Mercedes e do senhor Morrel, Edmond Dantés acenou-lhes do navio enquanto atracava.

O imediato apressou-se em receber o senhor Morrel a bordo. Alto, esbelto, de olhos e cabelos pretos, Edmond Dantés trajava uma elegante calça branca, casaca azul-marinho com reluzentes botões dourados e botas de cano alto.

– Estávamos esperando com ansiedade! – o senhor Morrel cumprimentou o jovem Dantés. – Onde está o capitão? – perguntou, olhando em volta.

– Infelizmente, o bravo capitão Leclère morreu atacado de uma febre, senhor. Desde então, assumi o comando do Faraó. Quanto à carga que transportamos, não se preocupe. Está segura.

O senhor Morrel ficou muito triste com a notícia da morte do capitão. Por sorte, Edmond, apesar de jovem, era muito eficiente.

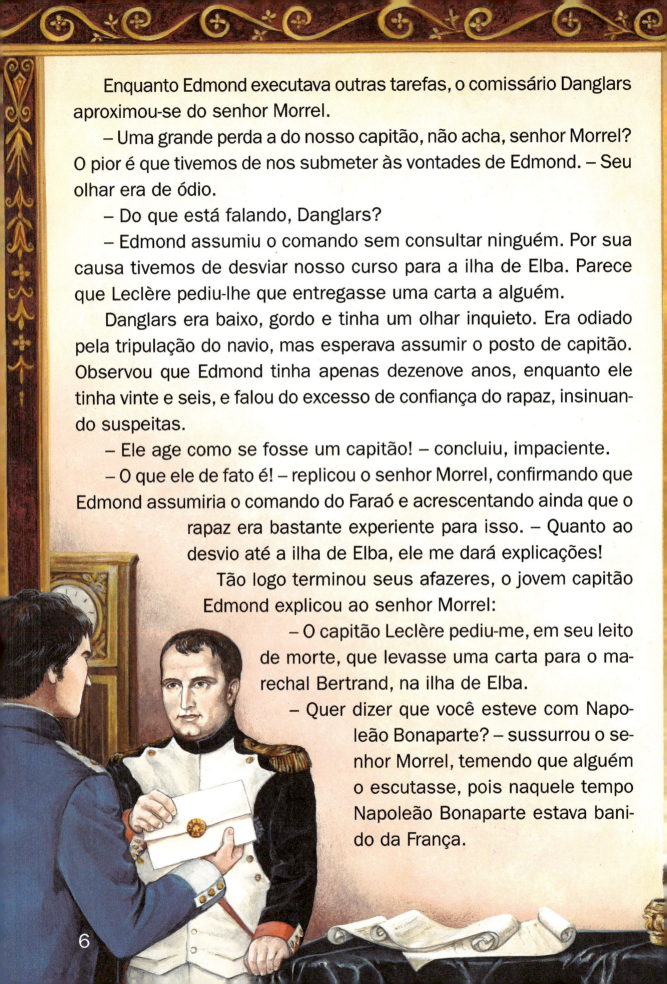

Enquanto Edmond executava outras tarefas, o comissário Danglars aproximou-se do senhor Morrel.

– Uma grande perda a do nosso capitão, não acha, senhor Morrel? O pior é que tivemos de nos submeter às vontades de Edmond. – Seu olhar era de ódio.

– Do que está falando, Danglars?

– Edmond assumiu o comando sem consultar ninguém. Por sua causa tivemos de desviar nosso curso para a ilha de Elba. Parece que Leclère pediu-lhe que entregasse uma carta a alguém.

Danglars era baixo, gordo e tinha um olhar inquieto. Era odiado pela tripulação do navio, mas esperava assumir o posto de capitão. Observou que Edmond tinha apenas dezenove anos, enquanto ele tinha vinte e seis, e falou do excesso de confiança do rapaz, insinuando suspeitas.

– Ele age como se fosse um capitão! – concluiu, impaciente.

– O que ele de fato é! – replicou o senhor Morrel, confirmando que Edmond assumiria o comando do Faraó e acrescentando ainda que o rapaz era bastante experiente para isso. – Quanto ao desvio até a ilha de Elba, ele me dará explicações!

Tão logo terminou seus afazeres, o jovem capitão Edmond explicou ao senhor Morrel:

– O capitão Leclère pediu-me, em seu leito de morte, que levasse uma carta para o marechal Bertrand, na ilha de Elba.

– Quer dizer que você esteve com Napoleão Bonaparte? – sussurrou o senhor Morrel, temendo que alguém o escutasse, pois naquele tempo Napoleão Bonaparte estava banido da França.

– Estive, mas só conversamos um pouco, senhor.

– Você entregou a carta ao marechal? – indagou Morrel.

– Sim, entreguei-a em mãos e recebi dele uma carta para ser entregue a uma pessoa em Paris.

Satisfeito com as respostas do jovem, Morrel quis saber sua opinião sobre o comissário Danglars.

Edmond respondeu-lhe que, apesar de não ser bem tratado pelo comissário, ele executava suas obrigações com precisão.

– Como capitão, você o manteria na tripulação?

– Capitão? O senhor quer dizer que eu... – Edmond ficou surpreso com a pergunta do senhor Morrel.

– Acabo de nomeá-lo, Edmond. Espero que aceite!

– Obrigado, senhor! Quanto a Danglars, eu o manteria na tripulação, sim! Senhor, antes de partirmos novamente, gostaria de pedir-lhe algumas semanas de licença. Além dos preparativos para o meu casamento, tenho de entregar aquela carta em Paris.

– Claro, meu jovem! – consentiu Morrel.

Depois de agradecer ao senhor Morrel, Edmond desceu do navio. Precisava contar a novidade a Mercedes.

A linda noiva, que o esperava no alto do cais, correu para abraçá-lo. O jovem capitão foi ao seu encontro.

Do alto da muralha, Fernand observava o casal. Com o coração cheio de inveja, dirigiu-se à taberna do senhor Charny.

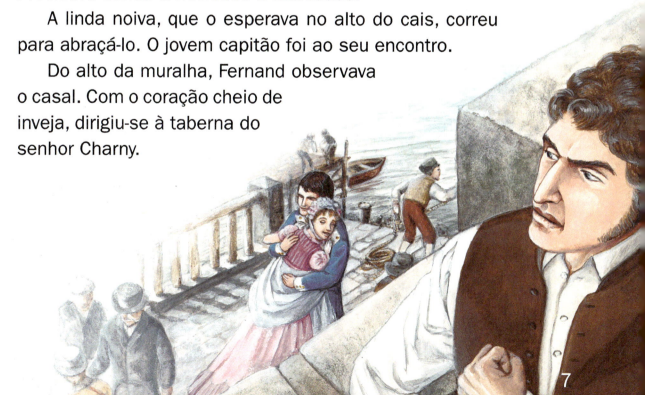

O senhor Dantés

Enquanto iam para a casa do pai de Edmond, os noivos combinaram em marcar o casamento para o dia seguinte.

– Vou falar com o padre. Quero uma linda cerimônia para o nosso casamento – disse Mercedes, e beijou seu amado.

– Vai dar tudo certo, querida. Nascemos um para o outro!

Quando chegaram na frente da casa do senhor Dantés, os noivos despediram-se. O rapaz estava ansioso para contar as novidades ao pai. Abriu a porta com cuidado e viu-o regando as flores da janela.

– Meu... meu filho! Você voltou!

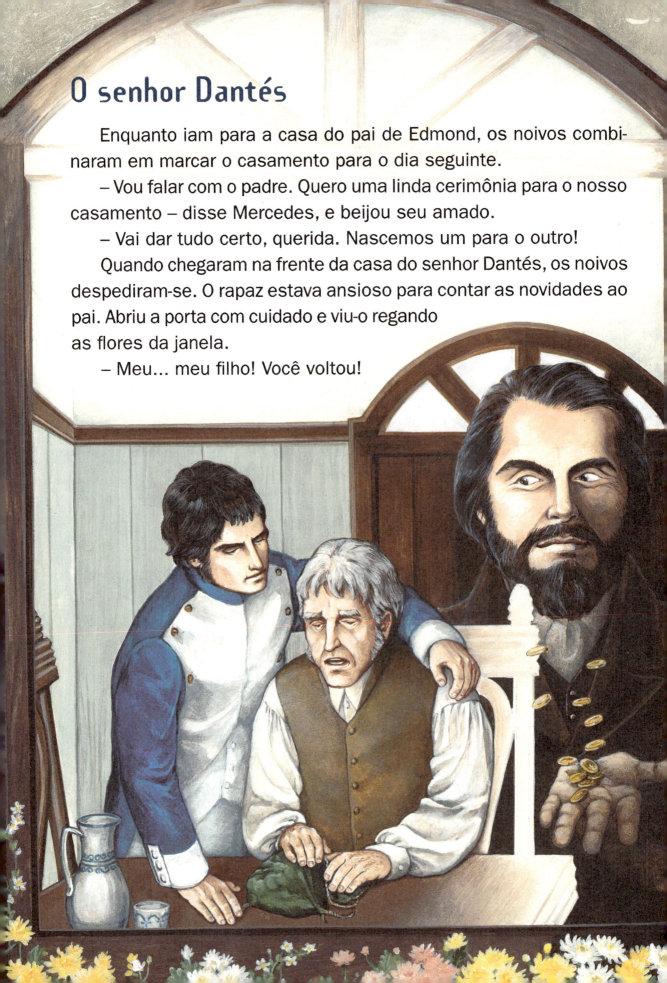

– Pai! O senhor esteve doente? Está tão pálido! Alguma coisa o preocupa? – Edmond abraçou o pai com carinho.

– Estou doente, sim, mas de saudade, meu filho!

Edmond pediu ao pai que se sentasse para ouvir as notícias. Contou sobre a morte do capitão Leclère, sua ida à ilha de Elba e sua promoção a capitão do Faraó.

– Capitão! Mas isso é maravilhoso!

– Veja, pai! – Edmond tirou do bolso um saco com moedas. – Recebi um bom dinheiro. Vou comprar uma casa com jardim para o senhor, assim poderá cuidar de todas as plantas que quiser. E mais: vou me casar com Mercedes amanhã!

O senhor Dantés não queria aborrecer o filho, mas acabou contando as dificuldades por que havia passado durante a sua ausência. Seu vizinho Caderousse, com quem tinham uma dívida, ameaçou cobrar do senhor Morrel se ele não lhe pagasse. O pobre homem, temendo prejudicar o filho, quitou a dívida com o dinheiro que Edmond havia deixado.

Edmond ficou chocado. Como o pai tinha conseguido sobreviver todo aquele tempo sem dinheiro?

Nesse instante, bateram à porta e o senhor Dantés atendeu.

– Entre, Caderousse. – O vizinho de barba preta e espessa apareceu para dar os parabéns ao novo capitão do Faraó.

– Todos já sabem da novidade, Edmond. Vim aqui para felicitá-lo. – Caderousse, com seus olhos de águia, logo notou o saco de moedas sobre a mesa. – Parece que as coisas estão melhorando por aqui, não?

– E vão melhorar mais ainda depois do meu casamento com Mercedes e da nova casa que pretendo comprar para o meu pai – respondeu friamente Edmond.

– Bem, só vim aqui para lhe dar os parabéns, Edmond. Não guardo rancor. Emprestei-lhes dinheiro e vocês devolveram. Estamos quites, certo?

– Nunca estamos quites com aqueles que nos ameaçam – foi a resposta de Edmond.

Ao sair, Caderousse encontrou-se com Danglars, que ficou curioso para saber as novidades da família Dantés e convidou:

— Vamos até a taberna do senhor Charny, assim você poderá me contar o que ficou sabendo na casa dos Dantés. E tudo por minha conta!

Caderousse aceitou o convite de bom grado. Ele adorava uma boa conversa acompanhada de um vinho.

Depois de uma refeição leve, Edmond pegou seu binóculo e chamou o pai para mostrar-lhe uma casa que estava à venda. Parecia ser a ideal para ele, pois tinha um belo jardim.

Quando olhava pelo binóculo, o rapaz avistou Fernand, Danglars e Caderousse pela janela da taberna e estranhou que estivessem juntos. Então seu pai quis olhar a casa e ele acabou se esquecendo dos três homens. Mal sabia o que estava sendo tramado a pouca distância dali.

A conspiração

Fernand Mondego estava na taberna quando Caderousse e Danglars chegaram. Caderousse conhecia Fernand e apresentou-o a Danglars. Resolveram sentar-se à mesma mesa. Enquanto contava o que soube na casa dos Dantés aos outros dois, Caderousse embriagou-se rapidamente. Danglars e Fernand, entre um e outro gole de vinho, foram descobrindo que tinham algo em comum: o ódio por Edmond.

– Sempre amei Mercedes! Preciso descobrir um meio de afastá-la de Edmond! – disse Fernand Mondego, dando um soco na mesa, quando soube que eles se casariam no dia seguinte.

– Edmond possui uma carta com ordens secretas. Podemos tirar vantagem dessa situação, concorda? Uma prisão pode separar um casal para sempre... – disse Danglars com um brilho no olhar.

O pescador Fernand Mondego sorriu, concordando, e chamou o taberneiro. Eles iam precisar de papel e tinta.

Caderousse acordou e escutou parte da conversa. Tentou dizer aos dois que Edmond não tinha feito nada para merecer a prisão, mas não conseguia articular uma frase sequer.

– Vamos denunciá-lo ao procurador do rei. Diremos que ele é um agente de Napoleão disfarçado. O fato de ter ido a Elba é uma boa prova disso – concluiu Danglars.

Então pegou a caneta e começou a escrever um bilhete com a mão esquerda, para que ninguém reconhecesse sua letra:

Ao Procurador do Rei
Excelentíssimo Senhor Villefort,
Edmond Dantés, imediato do navio Faraó, trouxe da ilha de Elba uma carta endereçada aos seguidores de Napoleão Bonaparte na cidade de Paris. A carta deve estar em seu poder, na casa de seu pai ou na sua cabina no navio.

– Que tal? – indagou Danglars ao novo amigo e conspirador.

– O bilhete está perfeito... E não há ninguém por testemunha! – Caderousse dormia a sono solto.

Enquanto isso, Edmond e Mercedes convidavam alguns parentes

e amigos para a cerimônia de seu casamento, dentre eles, a família do senhor Morrel.

No dia seguinte, a igreja parecia pequena para tantos convidados. Edmond e Mercedes já estavam no altar quando um grupo de soldados interrompeu a cerimônia:

– Edmond Dantés, o senhor está preso. Acompanhe-nos, em nome da lei! – pronunciou um oficial, dando um passo à frente.

– O que significa isso? Que crime cometi? – Edmond empalideceu.

O senhor Morrel correu até ele, tentando acalmá-lo:

– Deve ser um engano, Edmond.

– Não é possível, os senhores devem estar enganados. Edmond não fez nada de mal. – Mercedes precisou ser amparada pelos pais.

Edmond Dantés não teve outra saída e acompanhou os soldados. Estas foram suas últimas palavras antes de partir:

– Vou voltar, Mercedes! Eu juro! Espere por mim! Não se preocupe, pai! Vai dar tudo certo!

O juiz Villefort

O juiz Villefort era um homem alto, loiro, de olhos azuis impenetráveis. Quando os soldados entraram em seu gabinete, o juiz ficou surpreso com o traje elegante do prisioneiro.

A um sinal do juiz, os soldados que acompanhavam Dantés soltaram suas algemas, colocaram os pertences do rapaz sobre a mesa e saíram do gabinete.

– Diga-me o seu nome e o que faz.

– Meu nome é Edmond Dantés. Sou capitão do navio Faraó e estava prestes a me casar, senhor.

O juiz levantou-se e ficou rodeando Edmond.

– Ouvi dizer que recentemente se encontrou com Napoleão Bonaparte. Também corre o boato de que o senhor é um homem muito perigoso! – O juiz mostrou-lhe o bilhete que havia recebido.

– Não sei quem pode ter escrito essa infâmia! Senhor, tenho apenas dezenove anos e acabo de assumir o comando de um navio. Isso deve ter despertado inveja em alguém, que inventou essa calúnia para se vingar... – concluiu.

Villefort perguntou-lhe sobre o episódio da ilha de Elba. Edmond confirmou, explicando que, atendendo a um pedido de Leclère, havia entregado uma carta ao marechal Bertrand. Por sua vez, o marechal pediu-lhe que levasse uma carta a uma pessoa em Paris.

– Onde está essa carta? – perguntou Villefort.

– Provavelmente junto com os meus pertences, senhor.

– Sabe o nome do destinatário?

– Sei, sim... O nome é François Noirtier, que mora...

– Um momento! O senhor conhece este homem? Já esteve com ele ou falou dele para alguém? – Villefort começou a remexer os papéis em sua mesa até encontrar a carta.

– Não o conheço nem falei com ninguém sobre o assunto.

Villefort tirou o lacre do envelope e leu a carta rapidamente. Em seguida, queimou-a, suspirando aliviado.

– Isso é para a sua própria segurança. Nada de mal lhe acontecerá se não contar a nossa conversa a ninguém. Essa carta era a maior prova contra o senhor. Agora não há mais prova.

– Quer dizer que sou um homem livre, senhor Villefort?

– Ainda não, mas amanhã será solto. Tem a minha palavra.

– Por que não hoje? – Edmond ficou desapontado.

– É preciso seguir as formalidades da justiça. – Dito isso, ordenou que os guardas acompanhassem o prisioneiro.

– Não sei como agradecer-lhe, senhor!

Villefort enxugou o suor da testa. Seu pai, François Noirtier, quase havia destruído sua carreira. Aquela carta enviada pelo marechal seria a prova de que ele conspirava para o retorno de Napoleão. Se o rei soubesse disso, o juiz estaria perdido.

O Castelo de If

Edmond foi levado até um barco e quatro soldados fizeram com que embarcasse. Ele achou aquilo muito estranho. Para onde o levariam de barco? O juiz disse que seria solto no dia seguinte! Por que precisava ser escoltado por quatro soldados?

– Para onde estão me levando? – indagou.

– Para a prisão dos traidores, no Castelo de If.

"O juiz me enganou! Ele prometeu que me soltaria no dia seguinte!", constatou Edmond, indignado. "No Castelo de If, os prisioneiros não têm direito sequer a julgamento!", pensou, ao olhar aterrorizado para a ilha onde se erguia o castelo de pedra.

Tentou pular do barco, mas os soldados rapidamente o imobilizaram, soltando-o somente quando desembarcaram.

Para entrar no castelo de pedra, Edmond foi escoltado pelos soldados. Um carcereiro abriu o enorme e pesado portão de ferro da prisão e os conduziu para dentro do castelo.

– Parem, vocês estão enganados! O senhor Villefort disse que eu seria libertado hoje! – implorava Edmond inutilmente.

Em seu caminho para a cela, por escadas e corredores úmidos, podia ouvir os gritos dos prisioneiros. Pouco depois, o carcereiro abriu uma cela e um dos soldados o empurrou para dentro dela, deixando-o na companhia de ratazanas e baratas.

– Socorro! Por favor, chamem o senhor Villefort! Ele vai ficar muito bravo se vocês não me soltarem! – gritou.

Um dos soldados voltou e respondeu, caçoando:

– E quem é esse tal de Villefort? Nunca ouvimos falar dele!

Edmond percebeu então que tudo estava perdido. Andou pela cela, iluminada apenas pelos últimos raios de sol que entravam pela janela. De lá, podia avistar o mar, as ondas arrebentando com violência no penhasco.

Na manhã seguinte, o carcereiro voltou trazendo

o café da manhã, que colocou por uma estreita abertura da porta.

– Não quero. Quero falar com o governador.

– Nem mesmo um prisioneiro que dizia ter um tesouro para oferecer ao governador conseguiu isso – respondeu o carcereiro.

– E quem é esse homem? Onde ele está agora?

– Numa cela abaixo da sua – apontou o carcereiro.

– Se você não disser à minha noiva Mercedes onde estou e o que aconteceu comigo, vou esganá-lo!

Edmond não conteve sua raiva e puxou o carcereiro para dentro de sua cela. Se os guardas não tivessem acudido, ele teria machucado o homem.

No dia seguinte, foi transferido para uma cela mais fria e escura que ficava no andar de baixo, destinada a prisioneiros perigosos. A comida era tão ruim que muitas vezes dormiu sem ter comido nada o dia todo.

Sujo, com a barba e o cabelo compridos e a roupa em frangalhos, parecia estar à beira da loucura. Sua única distração era conversar com os insetos. Ele gritava sem parar:

– O que foi que eu fiz? Preciso falar com o diretor da prisão!

Edmond Dantés nunca chegou a falar com o diretor. No livro de registros da prisão, havia a seguinte nota sobre ele:

Edmond Dantés, o prisioneiro número 34, é um revolucionário perigoso, seguidor de Napoleão Bonaparte, e deve ser trancafiado em cela de segurança máxima.

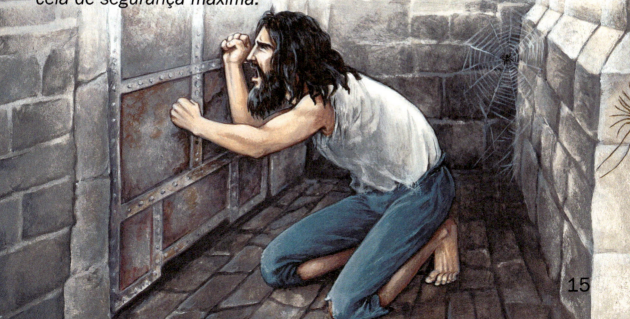

O padre Faria

Muito tempo havia se passado desde a prisão de Edmond. Ele já não acreditava que um dia voltaria a conversar com alguém ou recuperaria a liberdade.

Certo dia ouviu pequenas batidas. Investigou a cela para saber de onde vinham e descobriu que era do chão. Pareciam marteladas. Bateu e não obteve resposta. Um pouco depois, ouviu as batidas novamente, dessa vez mais próximo de sua cama. Arrastou a cama e agachou-se para ouvir melhor. Procurou algum objeto cortante, mas naquela cela só havia uma cama, uma cadeira, uma mesa e um pote com água.

Desesperado, quebrou o pote e, com um caco, começou a raspar entre as duas pedras de onde vinha o barulho, até que finalmente uma delas se soltou. Tirou a primeira pedra, depois a segunda e levou o maior susto ao deparar com um homem velho, baixo, sujo de pó, com cabelos e barba embranquecidos e um crucifixo pendurado no pescoço.

— Quem... quem é você? — indagou.

— Um prisioneiro. O número 27, como sou conhecido. E você?

O velho empurrou com dificuldade mais duas pedras laterais e Edmond ajudou-o a sair do buraco.

— Meu nome é Edmond Dantés. Dizem que sou um seguidor de Napoleão Bonaparte.

Há muito tempo, a única pessoa com quem se comunicavam era o carcereiro. Agora um atropelava a fala do outro. Edmond relatou sua história ao velho, que o escutou atentamente.

O velho, por sua vez, contou que estava cavando aquele túnel há quatro anos.

– Cavei inutilmente! – disse ele, sentando-se com desânimo.

– Por que usa esse crucifixo? – quis saber Edmond.

– Sou o padre Faria. Estou aqui há quinze anos, desde 1810. Há alguns anos armei um plano de fuga. Passei um ano calculando, outro construindo os instrumentos, mais quatro cavando. Achei que esta parede desse para o mar...

Edmond ficou com pena do padre. O túnel que tinha cavado levou-o apenas até a sua cela, que ficava no mesmo andar.

Padre Faria convidou Edmond para ir até a sua cela. Os dois desceram pelo túnel, tendo o cuidado de colocar a cama e as pedras no lugar, para que o carcereiro não percebesse nada. O padre foi à frente, iluminando o caminho com uma tocha.

– Finalmente, esta é a minha cela! – Afastou umas pedras cobertas com palha.

Admirado, Edmond observou vários objetos sobre a mesa. O padre logo explicou a ele de que se tratava.

– Dessa pedra fiz um relógio de sol, que funciona também como calendário e mapa astronômico. – E virou a pedra, mostrando a agulha feita de espinha de peixe.

Edmond ficou impressionado com a habilidade do padre. Ele costumava trabalhar durante a noite, para que o carcereiro não desconfiasse de nada.

Padre Faria explicou-lhe que abastecia a lâmpada com o sebo tirado da carne do almoço. Para acender a lamparina, produzia o fósforo com o enxofre dado pelo carcereiro para curar uma doença de pele inventada por ele. O padre ainda havia feito uma talhadeira e uma faca com a braçadeira da cama.

– Tanto sacrifício para nada... Fiquei anos cavando um túnel que me levou apenas até a sua cela – disse o padre, desanimado.

– O túnel que o senhor cavou segue a mesma direção da galeria externa. Da minha janela consigo ver o mar. Metade do túnel está na direção certa. Se cavarmos mais uns cem metros a partir do ponto central, chegaremos ao mar – observou Edmond.

– Quanto tempo vamos levar? – animou-se o padre.

– Talvez mais uns quatro anos!

Os dois se abraçaram e ficaram imaginando que, passado esse tempo, estariam livres para sempre.

O padre tinha um aspecto frágil, mas parecia ser muito inteligente. Edmond pensou nisso assim que viu os objetos criados por ele.

– Enquanto preparamos nossa fuga, o senhor pode me ensinar tudo o que sabe? – pediu o rapaz.

– É claro, meu filho. – O padre sorriu, pois o que ele mais queria na vida era ensinar o que sabia de filosofia, teologia, matemática, línguas e história.

O tempo foi passando. Os dois conversavam, falavam sobre a saudade de seus parentes e amigos, trocavam confidências e cavavam, desviando o túnel em direção ao mar. A terra que iam retirando era cuidadosamente jogada pela janela. As ondas que batiam nos penhascos se incumbiam de eliminar os vestígios.

Edmond ouvia com prazer os ensinamentos do padre. Além disso, praticava exercícios em sua cela, para desenvolver e fortalecer seu corpo.

Enquanto trabalhavam, o padre procurava saber mais sobre a prisão de Edmond:

– Não acha que o fato de ser capitão de um navio e noivo de uma linda jovem é suficiente para despertar a inveja? Pense bem, a quem o seu desaparecimento poderia beneficiar?

– O comissário Danglars! Lembro-me de que na ocasião em que fui a Elba para entregar a carta... – Edmond narrou o episódio da carta.

E assim o padre, com a ajuda de Edmond, acabou montando o quebra-cabeça: o amor de Fernand por sua noiva Mercedes; o encontro de Caderousse, Danglars e Fernand na taberna; por fim, a pior revelação:

– Você disse que mostrou a Villefort uma carta endereçada a um tal senhor Noirtier. Acontece que François Noirtier é pai de Villefort.

– Agora tudo está claro para mim! Coloquei em risco o cargo de Villefort. Se alguém soubesse que seu pai estava envolvido com Napoleão, ele seria destituído do cargo pelo rei!

Edmond ficou revoltado. Padre Faria tentou acalmá-lo, mas em sua mente não paravam de martelar quatro nomes: Danglars, Caderousse, Fernand e Villefort.

Uma certa manhã, enquanto cavavam, padre Faria soltou um grito de dor. Edmond correu para acudi-lo.

– O que foi, padre?

– Estou... estou muito... doente... – O padre mal podia respirar. – Não vou... conseguir chegar ao fim da jornada, filho...

Cansado e com a voz fraca, padre Faria pediu que o amigo o levasse de volta à sua cela. Precisava compartilhar com ele um segredo que mudaria sua vida.

Quando chegaram à cela, o padre deitou-se em sua rude cama e abriu o crucifixo que trazia pendurado no pescoço, desdobrando cuidadosamente um pedaço de papel muito velho.

– O que é isso? – quis saber Edmond.

Padre Faria, com muito esforço, contou-lhe então o que significava aquele papel.

Um segredo

— Isto é um mapa... O mapa do tesouro de César Spada, que morreu em 1498. É um dos maiores tesouros do mundo. — O padre respirou fundo antes de continuar. — A fortuna está enterrada na ilha de Monte Cristo há mais de trezentos anos.

— Ao lado do mapa há um bilhete.

— Sim... Leia-o — pediu o padre.

Edmond pegou o papel das mãos do padre e leu:

No dia 25 de maio de 1498, fui convidado para um jantar com César Borgia. Desconfio que ele pretende me matar para se apropriar das minhas riquezas.

Por esse motivo, desejo que, depois da minha morte, meus bens sejam destinados a Guido Spada. Escondi minha fortuna em ouro e joias num lugar que ele conhece bem: a ilha de Monte Cristo. A sudoeste da ilha, existe uma barreira de pedras. Embaixo, beirando a areia, há uma grande pedra em forma de T. A partir dela, contando da esquerda para a direita, deve-se empurrar a vigésima segunda pedra e uma abertura aparecerá. Desça os degraus e entre na segunda sala à direita. Na parede da frente há uma única pedra arredondada. Deve-se empurrá-la com força. É lá que está o tesouro.

César Spada, vinte e cinco de maio de 1498

Padre Faria explicou que ele e um príncipe descendente de César Spada tinham sido muito amigos. O príncipe passou muitos anos estudando a vida de seus antepassados para descobrir onde César Spada havia escondido o tesouro. Depois da morte do príncipe, o padre Faria herdou todos os seus livros. Certa noite, enquanto folheava um dos volumes, iluminado por uma lamparina, descobriu que, sob o calor da lâmpada, apareciam letras amareladas no marcador de livros. Como pareciam conter uma mensagem, pegou uma pena e, com cuidado, escreveu sobre as letras até conseguir reconstituí-las.

— Era o bilhete de César Spada! – exclamou, ofegante. – Infelizmente, quando me preparava para partir em busca do tesouro, fui preso.

O padre disse que esperava resgatar o tesouro junto com Edmond, mas sabia que isso não seria mais possível.

— Vou morrer, meu filho... Quanto ao tesouro, ele é todo seu. Só lhe peço que gaste essa fortuna ajudando as pessoas. Prometa-me que fará bom uso dessa riqueza.

— O que o senhor me ensinou até hoje é a minha única riqueza, padre! – respondeu Edmond, segurando a mão do amigo.

Padre Faria sorriu. Então, seus olhos se fecharam e sua mão soltou-se da de Edmond.

— Padre... Padre Faria...

Edmond chorou ao ver que o padre estava morto. Achou melhor voltar à sua cela, pois estava na hora do almoço e logo o carcereiro apareceria.

Ele era sempre o último a receber as refeições. Quando o carcereiro chegou com o almoço, trouxe a notícia:

— Mais um prisioneiro partiu desta para melhor... ou pior! O louco do padre que queria dar seu tesouro ao governador morreu. Pensei que estivesse dormindo e até bati em seu ombro. Já o enfiamos num saco e vamos jogá-lo ao mar esta noite!

Edmond tentou disfarçar a tristeza pela morte do amigo. Levantou-se da cama e ficou de costas, olhando o mar pela janela, para esconder suas lágrimas. Logo que o carcereiro saiu, pensou: "Depois do jantar, vou até a cela do padre. Tiro o seu corpo do saco e o trago para a minha cama, cobrindo-o com meus trapos. Depois volto para sua cela e entro no saco, em seu lugar".

Assim foi feito. Levou o corpo do amigo para sua cela e colocou-o em sua cama. Antes de cobri-lo, beijou seu rosto. Voltou à cela do padre, pegou sua faca e entrou no saco.

"Se os guardas desconfiarem, estou perdido! Mas não vou me entregar facilmente... Se precisar, defendo-me com a faca!", decidiu, caso seu plano não funcionasse.

Logo ouviu vozes. Estava na hora. Só lhe restava torcer para que o saco não batesse em nenhum penhasco quando o jogassem ao mar. Se isso acontecesse, a morte era certa!

Os homens entraram na cela, amarraram o saco e depois carregaram-no até o alto do penhasco. Amarraram pedras em uma de suas extremidades para que o corpo afundasse rapidamente.

Edmond prendeu a respiração. Tinha de agir rápido quando fosse jogado ao mar.

– Cuidado para não deixá-lo cair nas pedras. O governador nos obrigaria a descer para resgatar o morto! – avisou um deles.

– Atenção, já! – E lançaram o saco com o corpo ao mar.

– Vamos tomar um trago de vinho em memória do padre!

Edmond prendeu a respiração e começou a cortar o saco. Em poucos segundos pôde sentir a brisa da liberdade no rosto!

Piratas!

Edmond olhou para o alto do penhasco. Os homens tinham ido embora e ele pôde nadar.

Raios iluminavam o céu e trovões assustadores quebravam o silêncio da noite. Uma grande tempestade começou a cair. Edmond nadou durante horas sob a forte chuva. Se não tivesse praticado exercícios na prisão, não teria preparo físico para enfrentar aquelas ondas enormes.

Enquanto nadava, pensava no carcereiro, que logo entraria em sua cela e descobriria o corpo do padre. Pela primeira vez teve medo, pois sua liberdade corria perigo. Seu corpo doía, tinha fome e a água estava fria. Por sorte, encontrou um tronco para se apoiar. Fechou os olhos, tentando não dormir. Precisava descansar um pouco.

Perdeu a noção do tempo que ficou agarrado ao tronco. Quando o sol começou a mostrar seus primeiros raios, Edmond esfregou os olhos. Seria uma miragem ou o que via ao longe era mesmo uma embarcação? Gritou o mais alto que pôde e ergueu as mãos, acenando desesperadamente.

Alguém lhe acenou do convés. Edmond então começou a nadar e, para sua alegria, avistou um bote com dois homens vindo em sua direção.

Já sem forças, foi retirado da água e colocado no barco. Quando acordou, estava dentro da embarcação, rodeado por alguns marujos curiosos. Tinham tirado suas roupas molhadas e cobriram-no com um cobertor. Seu aspecto não era dos melhores.

Olhou em volta e sentiu um grande alívio ao ver que a embarcação seguia em direção oposta à do Castelo de If.

"Estou a salvo!", pensou com grande alegria.

O capitão aproximou-se dele e perguntou:

– O que aconteceu com você?

– Meu navio foi destruído na tempestade, senhor. Não sei como agradecer o que seus homens fizeram por mim...

– Quantos anos você tem? – o capitão indagou.

– Trinta... e quatro, senhor – Edmond quase engasgou. Havia ficado quinze anos na prisão!

– Pode ficar conosco, se quiser, mas terá de trabalhar. E muito! – convidou o capitão.

Edmond aceitou o convite imediatamente. O capitão ordenou aos marujos que lhe dessem comida, um pouco de água doce para se lavar e roupas limpas. Depois disso, Edmond sentiu-se um novo homem.

Em pouco tempo, percebeu que se tratava de uma embarcação de piratas. Entregavam mercadorias nos portos durante a madrugada, para evitar o pagamento de impostos. Edmond não concordava com nenhum tipo de pirataria, mas, naquelas circunstâncias, não havia opção.

Jacopo, um dos marujos, cortou seu cabelo e sua barba. Cheio de curiosidade, Edmond mirou-se em um espelho. Estava tão diferente! Nem seu próprio pai o reconheceria. Seu cabelo negro estava cheio de fios prateados; seu rosto, mais magro, parecia de pedra; sua pele, bem mais clara; e seus olhos, frios como o aço. Até o seu jeito de falar havia mudado: estava mais pausado, para não perder a segurança.

A princípio, a tripulação e o próprio capitão tinham uma certa desconfiança dele. Com o passar dos dias, porém, todos foram se acostumando com a sua presença. O capitão ficou satisfeito, pois o novo marujo era muito experiente.

Edmond adorava a sensação de liberdade que o mar aberto lhe proporcionava. Havia sonhado com isso todos os dias em que esteve trancafiado na prisão.

Depois de muitos dias de trabalho a bordo, Edmond avistou as enormes rochas da ilha de Monte Cristo, que se erguiam no céu e pareciam rasgá-lo em pedaços.

– O que foi, companheiro? – perguntou Jacopo.

– Nada... Estou apenas admirando a natureza! – respondeu, pensando no tesouro que a ilha escondia.

Muitas coisas lhe vieram à cabeça. E se o padre tivesse inventado aquela história toda do tesouro? Mas a carta e o mapa pareciam tão reais! Ele só precisava descobrir um modo de voltar sozinho à ilha. Por ora, o melhor que tinha a fazer era afastar esses pensamentos e voltar ao trabalho.

Após alguns dias de navegação, aportaram em Leghorn. Jacopo já considerava Edmond um bom amigo e o capitão, que confiava nele plenamente, nomeou-o como seu novo imediato.

Os tripulantes descarregaram a mercadoria de madrugada. Depois de receberem pelo serviço, hospedaram-se em um hotel modesto. Após tantos anos, Edmond pôde tomar um banho quente e deitar-se em uma cama com lençóis limpos.

No dia seguinte, o capitão mandou chamar Edmond e Jacopo para uma reunião com dois comandantes de navios piratas. Quando chegaram, pediu-lhes que se sentassem e disse:

– Precisamos de um local seguro e desabitado para receber uma carga da Turquia. Conhecem algum lugar assim?

– A ilha de Monte Cristo, senhor! – exclamou Edmond.

Todos concordaram com a escolha.

– Pois bem, partiremos amanhã.

O sonho de Edmond estava prestes a se realizar.

O tesouro da ilha de Monte Cristo

Quando os piratas finalmente desembarcaram na ilha de Monte Cristo, Edmond teve permissão para caçar cabras selvagens. Mais que depressa, tratou de procurar a entrada do esconderijo do tesouro.

Seguiu passo a passo as instruções da carta e, depois de algum tempo, descobriu a caverna secreta. Ao entrar, encontrou três compartimentos. No primeiro, havia montanhas de moedas de ouro; no segundo, pilhas de barras de ouro; no terceiro, diamantes, pérolas e rubis.

Edmond escondeu diversas pedras preciosas no bolso. Ao sair, teve o cuidado de ocultar a entrada da caverna. Depois caçou duas

cabras selvagens e levou-as para o navio. Em uma semana, estariam em Marselha e, em sua folga, poderia voltar à ilha.

    Alguns dias mais tarde, quando aportaram em Marselha, Edmond pediu a Jacopo que fosse até a casa de seu pai e depois à de Mercedes, para saber o que havia acontecido durante a sua ausência. Quando deixaram a embarcação, Edmond correu para vender algumas pedras. Queria comprar um iate para voltar sozinho à ilha de Monte Cristo.

Na data combinada, Edmond e Jacopo se encontraram. Jacopo contou-lhe que o senhor Dantés havia morrido de fome e que Mercedes tinha sumido sem deixar pistas.

– Morreu... de fome? E de Mercedes, nem sinal? – Sentiu um aperto no coração.

– Foi o que me contaram... – Jacopo teve pena do amigo.

– Morreu de fome... Ninguém ajudou meu pai...

Jacopo tentou consolar o amigo dizendo-lhe que Mercedes e um certo senhor Morrel tentaram levar seu pai para um outro lugar, mas ele não quis abandonar a casa, pois tinha esperança de que o filho voltasse um dia.

Quando percebeu que Edmond estava um pouco mais calmo, Jacopo perguntou-lhe de quem era o iate que pilotava. Finalmente Edmond contou ao amigo tudo o que tinha acontecido. Jacopo ficou impressionado com a história surpreendente que acabava de ouvir e perguntou:

– O que pretende fazer de agora em diante?

– Procurar os responsáveis pela minha prisão, a começar por Caderousse.

– Vai revelar sua verdadeira identidade?

– Não, caro amigo. Eles não vão saber quem sou – respondeu Edmond, com um estranho brilho no olhar.

O primeiro: Caderousse

Edmond chegou à casa de Caderousse apresentando-se como um padre italiano que trazia notícias de um marinheiro chamado Edmond Dantés. Ao saber disso, Caderousse indagou:

– Ele está vivo? Gosto muito dele, fui seu amigo.

– Não, morreu prisioneiro, acusado de crimes que não cometeu. Na prisão, o pobre inocente cuidou de um homem, que lhe deu muitas pedras preciosas como recompensa. Como último desejo, Dantés pediu-me que as distribuísse entre Caderousse, Danglars, Fernand Mondego, o juiz Villefort, sua noiva Mercedes e o senhor Morrel.

– Criminosos não devem ser recompensados, senhor. Um dia antes do casamento de Dantés e Mercedes, Mondego e Danglars me deixaram bêbado e escreveram uma carta que o denunciava.

– Se o senhor sabia que Dantés era inocente, por que não testemunhou a seu favor quando os soldados o levaram preso?

– Fui ameaçado de morte por Danglars e Mondego – Caderousse mentiu descaradamente.

Caderousse contou ainda que o senhor Morrel estava arruinado e devia uma pequena fortuna ao banco da cidade. Danglars era agora um rico banqueiro. O juiz Villefort estava também muito rico e não morava mais em Marselha. Quanto a Fernand Mondego, havia servido na Grécia, onde enriqueceu misteriosamente; quando voltou de lá, casou-se com Mercedes.

Edmond Dantés empalideceu. Nunca imaginou que Mercedes seria capaz de cometer tal traição!

– Mercedes chorou por seis meses, senhor. Por fim, acabou aceitando o pedido do primo. Eles têm um filho que se chama Albert, mas parece que ela é muito infeliz! – completou Caderousse.

– Fique com essa pedra. Adeus, Caderousse – despediu-se, observando o homem, que fitava a pedra com cobiça.

– Obrigado! Obrigado, senhor!

"O dinheiro da venda da pedra lhe trará alegria... Ou quem sabe a desgraça!", pensou Edmond profeticamente.

Ajudando o senhor Morrel

Edmond apressou-se em vender mais pedras preciosas para ajudar o senhor Morrel. No banco, o gerente informou-lhe que a dívida da família Morrel aumentaria, pois o navio Faraó havia naufragado. De repente, o senhor Morrel e sua filha invadiram a sala desesperados e nem notaram a presença de Edmond.

– Senhor, preciso falar-lhe. Acabo de perder mais um navio de minha frota. Vim aqui para implorar-lhe que prolongue o prazo para o pagamento da minha dívida – suplicou o senhor Morrel.

– Sinto muito, não posso fazer nada – respondeu o gerente.

Morrel e sua filha empalideceram. Saíram da sala pensando que só mesmo um milagre poderia salvá-los da ruína.

Edmond rabiscou um bilhete às pressas, despediu-se do gerente e saiu atrás de Morrel e sua filha.

Seguiu-os e viu Morrel conversando com dois marinheiros, enquanto Júlia estava um pouco mais atrás. Passou por ela e deixou cair o bilhete no chão. A moça pegou o bilhete e ia devolvê-lo ao homem, mas ele havia desaparecido.

Júlia resolveu abrir o bilhete para ver do que se tratava. E leu o seguinte:

Se quiser salvar seu pai, livrando-o da ruína, vá até a casa 5 da rua de Meilhan. Abra a porta e entre no quarto; na gaveta da penteadeira há uma bolsa de seda vermelha. Leve-a para seu pai antes das onze horas da noite de hoje. Não conte nada a ele, apenas obedeça a essas ordens.

Simbá, o marinheiro

Júlia deixou escapar um grito de alegria. Precisava mostrar o bilhete ao seu namorado, e pedir-lhe que a acompanhasse.

Enquanto isso, Edmond Dantés foi até a casa que havia comprado: a de número 5, na rua de Meilhan. Colocou o dinheiro na bolsa de seda vermelha e saiu em seguida.

Depois de pegar a bolsa de seda, Júlia e Emanuel correram até o escritório do senhor Morrel.

– Veja quanto dinheiro, pai! O senhor está salvo! – Júlia entregou o dinheiro ao pai e mostrou-lhe o bilhete que o desconhecido havia deixado cair aos seus pés.

– Quem será "Simbá, o marinheiro"? Que Deus o abençoe, nobre senhor! – Emocionado, ele beijou o bilhete inúmeras vezes.

Não muito longe dali, Edmond Dantés embarcava em seu iate. Era hora de partir para fazer justiça.

O jovem Albert

Depois de mandar construir um castelo na ilha de Monte Cristo e de comprar mais algumas casas em Paris, Edmond viajou pelo mundo durante muitos anos. Tornou-se conhecido como conde de Monte Cristo.

Certa ocasião, em Roma, conheceu dois rapazes, Franz e Albert, que estavam hospedados no mesmo hotel que ele. Naquela noite haveria carnaval nas ruas da cidade e Albert estava à procura de uma carruagem. O conde, muito atencioso, emprestou-lhe uma das suas. Durante o percurso, porém, Albert foi assaltado e mantido como refém por bandidos, que pediram um resgate muito alto pela sua liberdade.

O conde de Monte Cristo logo foi avisado do incidente e seguiu na mesma hora para o esconderijo dos assaltantes.

Ao chegar, os bandidos o reconheceram e se desculparam pelo ocorrido. Eles o respeitavam muito; sabiam que mantinha amigos tanto na alta sociedade quanto na ralé.

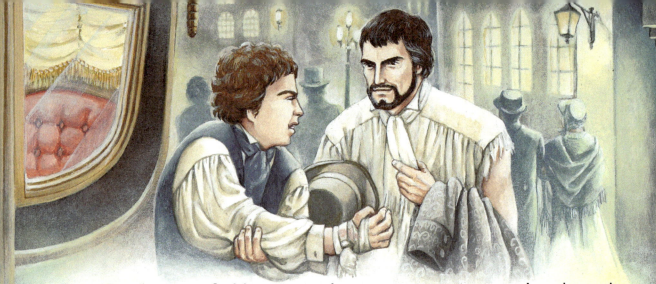

Albert estava ferido e o conde rasgou sua cara camisa de seda para improvisar uma atadura. Depois de socorrê-lo, levou-o de volta para o hotel.

No dia seguinte, já recuperado dos ferimentos, o rapaz dirigiu-se aos aposentos do conde de Monte Cristo.

– Não sei como agradecer. Eu podia estar morto! Tenho uma dívida eterna com o senhor – disse, ao apertar a mão do conde.

– Ora, não exagere. Conheço aqueles bandidos e era meu dever evitar que fizessem mal a um amigo.

– Gostaria de convidá-lo para um almoço em minha casa, em Paris, na semana que vem.

– Aceito com prazer – respondeu Edmond prontamente. Estava ansioso para reencontrar Fernand Mondego e Mercedes.

O reencontro

Toda a sociedade parisiense ficou sabendo do retorno do conde de Monte Cristo a Paris. Sabia-se que protegia uma princesa grega de rara beleza chamada Haydée, que tinha um escravo mudo que atendia pelo nome de Ali e que mantinha dois marinheiros, Jacopo e Bertuccio, sempre à sua disposição.

As moças só falavam dele, do clima de mistério que o cercava, de sua riqueza, de seu castelo na ilha de Monte Cristo, de suas façanhas pelo mundo, de seus amigos estranhos.

Os rapazes enalteciam sua bravura. Sua façanha mais comentada era a libertação de Albert Mondego, aprisionado por um grupo de sequestradores em Roma.

Na casa do jovem Albert, já estava tudo pronto para o almoço, que contava com a presença de algumas pessoas importantes, como o barão Danglars, sua esposa e a filha Eugenie e o juiz Villefort, sua esposa e a filha Valentine.

Os convidados encontravam-se na sala quando o conde foi finalmente anunciado. Sua figura imponente, com sua roupa de corte perfeito e seu olhar penetrante, deixou todos paralisados no imenso salão.

O jovem Albert Mondego recebeu o conde, apresentando-o primeiramente a seus pais.

– Este é meu pai, Fernand Mondego, o conde de Morcerf.

– Honrado em conhecê-lo, conde – disse Fernand Mondego, fazendo uma pequena reverência.

"Conde de Morcerf... Seus cabelos embranqueceram e está mais gordo. Certamente não me reconheceu", pensou Dantés, aliviado.

– Minha mãe, Mercedes Mondego – continuou o jovem.

– Não tenho... palavras para agradecer o que fez pelo meu filho. – Uma sensação estranha invadiu o coração de Mercedes.

"Esses olhos... Não é possível! O conde me lembra Edmond..." Aos poucos, porém, foi tentando se convencer de que estava sonhando. "Edmond deve ter morrido na prisão, não pode se tratar da mesma pessoa."

Em seguida, outros convidados foram apresentados ao conde. Danglars, bastante envelhecido, tampouco o reconheceu. Assim, o almoço transcorreu tranquilo para todos, menos para Dantés. Em seu coração pesavam o ódio e o rancor pelos responsáveis por sua prisão, além de muita melancolia por rever sua amada Mercedes, linda como sempre!

Os empregados dos Morcerf serviram as mais finas iguarias ao conde, que parecia não se impressionar com a melhor comida nem com o mais caro vinho.

Os homens estavam intrigados com sua inteligência. O conde falava tanto sobre política como economia, religião e costumes. Além disso, conhecia todos os clássicos da literatura e falava cinco idiomas!

Mais tarde, em sua casa, Edmond sentou-se em frente a uma lareira e ficou mergulhado em pensamentos, interrompidos apenas pela entrada da princesa Haydée no salão:

– Alguém o reconheceu, Edmond?

– Não, ninguém!

– Nem mesmo Mercedes? – Edmond notou uma ponta de ciúme na pergunta da jovem.

– Acho que ela ficou na dúvida, mas depois aquietou-se – disse ele, abrindo uma garrafa de vinho.

– Você ainda... a ama?

– Não.

– Só Mercedes pode convencê-lo a desistir de seus planos de fazer justiça!

– Nenhum anjo ou demônio me fará desistir dos meus planos! – Edmond respondeu com determinação.

Os olhos de Haydée encheram-se de lágrimas. Em seu íntimo, ela alimentava a esperança de que um dia Edmond a amasse como amava Mercedes, esquecendo seus rancores.

Novas revelações

Haydée quis saber mais do encontro de Edmond com as pessoas que faziam parte de seu passado. Ele começou falando de Fernand Mondego, apresentado a ele como conde de Morcerf.

Ao ouvir esse nome, a princesa empalideceu. Emocionada, contou que Fernand Mondego tinha prestado serviços a seu pai, na Grécia, e que era o responsável pela sua morte.

– Fui vendida como escrava aos turcos. Depois, esse homem mentiu a todos, dizendo que nossa família havia morrido em um naufrágio e que ele era o único herdeiro de nossos bens. Foi assim que conseguiu o título de nobreza e a inesperada riqueza.

– Covarde! Então foi ele o responsável pela tragédia que vitimou sua família!

– Devo minha vida a você, Edmond. Você me livrou de cair nas mãos de assassinos e piratas.

Bertuccio chegou nesse instante, e Edmond contou também a ele como havia sido o reencontro com as pessoas de seu passado.

– Albert Mondego é noivo da senhorita Eugenie, filha de Danglars. Veja só que coincidência! Nenhum deles me reconheceu, nem mesmo Villefort! – concluiu Edmond.

Ao ouvir esse nome, Bertuccio arregalou os olhos. Então contou a Edmond tudo o que sabia sobre Villefort.

– Procurei o juiz Villefort para pedir-lhe justiça pelo assassinato de meu irmão. Por suas palavras e seu modo de agir, percebi que havia sido o mandante do crime. Segui-o por alguns dias e descobri que uma pobre camponesa havia acabado de ter um filho seu. Vi quando ele colocou a criança em uma caixa e procurava um lugar para enterrá--la. Ele se distraiu por um momento e pude colocar uma pedra no lugar do bebê. Deixei essa criança com minha irmã e parti pelo mundo afora, como sabe, na aventura da pirataria. O menino, Benedetto, só me trouxe desgosto e preocupação. Enquanto estive viajando, meteu-se em brigas, assaltos e crimes e acabou sendo preso. Um dia, ao procurar por uma pousada em uma de minhas viagens, indicaram-me um certo Caderousse. Soube que ele havia recebido uma pedra preciosa de um padre e que, na ocasião, hospedava um joalheiro que compraria a pedra, pagando uma enorme quantia por ela. Naquela noite, Caderousse apunhalou o pobre homem para ficar com o dinheiro e a pedra! Ouvi a gritaria e corri para acudir o joalheiro, mas ele já estava morto. Caderousse fugiu. Quando os policiais chegaram e me viram ensanguentado, fui preso. Caderousse acabou sendo preso depois. Na prisão, conheceu Benedetto e ficou seu amigo. No entanto, Benedetto fugiu depois de roubar Caderousse, que jurou vingar-se um dia, senhor!

Edmond Dantés ouviu estarrecido o incrível relato e imediatamente pensou: "Um filho ilegítimo! Ele pode me ajudar a desmascarar Villefort!".

O segundo: Danglars

Para aproximar-se de Danglars, Edmond investiu seu dinheiro em ações espanholas no banco que ele presidia. Depois, espalhou um boato no mercado financeiro de que as ações espanholas estavam valendo muito dinheiro. Sabia que o banqueiro entraria em contato com ele por causa disso.

De fato, interessado pelo enorme investimento, Danglars foi à casa do conde de Monte Cristo.

– Boa tarde! – saudou o conde.

– Desculpe-me por incomodá-lo – Danglars fez uma pequena reverência. – O que me traz aqui, senhor, é uma preocupação com seus investimentos. Sei que o senhor é dono de uma das maiores fortunas do mundo, mas tem certeza de que é seguro investir em ações espanholas?

– Sim, eu não teria investido tanto dinheiro se não estivesse certo disso.

Depois de uma breve conversa, Danglars despediu-se do conde e voltou correndo ao banco para investir nas tais ações. O que ele não sabia é que o conde tiraria o dinheiro do banco a tempo, enquanto ele perderia tudo.

Nesse mesmo dia, Bertuccio apareceu na casa do conde. Havia encontrado Benedetto a pedido do patrão, que agora lhe explicava o seu plano:

– Dê uma grande soma em dinheiro para o filho bastardo de Villefort. De agora em diante, ele vai ser conhecido como Andrea Cavalcanti, um nobre italiano. Deve conquistar a filha de Danglars, para que ela termine o noivado com Albert Mondego!

Edmond tencionava ainda comprar um jornal importante. Ia precisar dele para pôr outros planos em prática!

Caderousse & Benedetto

Benedetto passou a frequentar as mesmas festas que o conde, apresentando-se como Andrea Cavalcanti.

O plano de Dantés estava dando certo, pois Danglars achou que o impostor fosse bem mais rico que Albert Mondego e tudo fez para que a filha se interessasse por ele. Eugenie, que na verdade não gostava de Albert, acabou desmanchando o noivado.

Quando Danglars perdeu todo o dinheiro investido nas ações e ficou à beira da miséria, implorou à filha que se casasse com Andrea. Ela acabou concordando, para salvar o pai da ruína.

Algum tempo depois, em sua casa, o conde conversava com Benedetto sobre o futuro casamento, quando uma visita inesperada irrompeu no salão.

– Benedetto, até que enfim o encontrei! – Era Caderousse, que correu em direção ao ladrão.

– O senhor deve estar louco! – exclamou Benedetto, levantando-se de um salto do sofá.

– O que está havendo? – Edmond Dantés não contava com o aparecimento de Caderousse para vingar-se de Benedetto.

Caderousse nem percebeu que o conde e o padre de quem havia recebido a joia eram a mesma pessoa. Só queria pôr as mãos no falso amigo que havia lhe roubado todo o dinheiro na prisão.

Benedetto tentou fugir, correndo em direção à escada. Na pressa de perseguir o ladrão, Caderousse tropeçou num dos degraus e caiu, batendo violentamente a cabeça. Edmond tentou socorrê-lo, mas constatou que o homem estava morto!

– Foi um acidente! Ele queria me atacar, o senhor é testemunha! – gritava Benedetto, desesperado.

Enquanto Ali colocava o corpo de Caderousse sobre um banco e Jacopo chamava a polícia, Edmond teve uma ideia:

— Não se preocupe, Benedetto. O feitiço sempre vira contra o feiticeiro. O homem que irá acusá-lo da morte de Caderousse certamente será Villefort, em cuja alma pesam mais crimes do que você jamais pensou em cometer.

— Como me defenderei? Posso ser culpado de outros crimes, mas nesse caso sou inocente! — Benedetto estava preocupado.

Dantés foi até seu escritório, escreveu uma carta e colocou-a com alguns documentos em um envelope, que entregou a Benedetto. Recomendou que lesse tudo e guardasse com cuidado. Pouco depois, os soldados entraram e levaram Benedetto.

O escândalo

Alguns dias mais tarde, o conde de Monte Cristo mandou publicar em seu jornal uma notícia que abalou a família Morcerf.

O artigo afirmava que Fernand Mondego, em um terrível ato de traição, havia assassinado o pai da princesa grega Haydée, protegida do conde de Monte Cristo, vendendo-a como escrava aos turcos e roubando depois todo o dinheiro de sua família.

A notícia causou enorme mal-estar na corte de Paris, pois era sabido que o conde de Morcerf havia enriquecido na Grécia.

Os boatos começaram a circular e Albert inquiriu seu pai sobre a verdade, mas ele negou ter cometido tais crimes. Mercedes não acreditava que Fernand fosse capaz de tamanha monstruosidade.

Naquela semana, a Câmara dos Deputados convocou tanto Fernand como a princesa Haydée para averiguações.

No dia determinado, a princesa apresentou à Câmara todas as provas que incriminavam Mondego: documentos, assinaturas e certidões. Ele tentou argumentar que a princesa mentia, mas não tinha provas e acabou sendo condenado.

Albert Mondego deixou a sala inconformado e dirigiu-se ao jornal. Lá foi informado de que o autor do artigo era o conde de Monte Cristo. Ficou chocado e gritou, antes de sair:

– Avisem o conde de que eu o desafio para um duelo! Daqui a uma semana, no bosque de Vincennes, às oito da manhã.

O conde de Monte Cristo foi rapidamente avisado e pensou na dor que Mercedes devia estar sentindo. Não imaginava que Albert fosse tão insensato. Poderia matá-lo de olhos fechados!

Quanto a Fernand Mondego, era justo que fosse condenado. Haydée podia agora ter um pouco de paz, pois o assassino de seu pai finalmente receberia a justa punição pelo seu crime.

O duelo

Um dia antes do duelo, o conde de Monte Cristo recebeu a visita inesperada de Mercedes.

– Senhor conde, vim implorar-lhe que não mate meu filho...

– Nada posso fazer, senhora. O desafio para o duelo partiu dele, não de mim! – retrucou o conde.

– Edmond... Não mate meu filho. Só me resta ele nesse mundo! – implorou ela, jogando-se aos pés do conde.

– A senhora deve estar enganada. Esse não é o meu nome...

– Reconheci você assim que o vi, Edmond. Por favor, não use o sangue de Albert para fazer justiça! Eu sou a verdadeira culpada, pois não suportei a dor de ficar sozinha e aceitei o pedido de casamento de Fernand Mondego!

– Sente-se, Mercedes. Tenho uma longa história para lhe contar. Por causa desses homens, perdi anos da minha vida na prisão! – E relatou, com mágoa, tudo que aconteceu.

– Você não é capaz de me perdoar, Edmond? Que sua punição se volte contra mim ou Fernand, então, mas não contra aquele que poderia ser o nosso filho! – concluiu Mercedes, correndo em direção à carruagem que esperava por ela.

Edmond Dantés decidiu não duelar com o jovem rapaz. Ele não devia ser punido pelos erros de seu pai.

Na manhã seguinte, quando chegou ao lugar combinado para o duelo, Edmond encontrou Albert. O moço estava desarmado e pálido.

– Minha mãe confirmou que a sua acusação contra meu pai é verdadeira. Não vou duelar com o senhor. Vou embora com minha mãe para a África para começar uma vida nova.

– Tentei fazer justiça, Albert, mas saiba que isso não me trouxe nenhuma alegria.

– A justiça foi feita. Adeus, conde de Monte Cristo!

No caminho de volta para casa, Edmond pensou que talvez tivesse perdido sua alma para sempre.

O terceiro: Villefort

Chegou o dia do julgamento de Andrea Cavalcanti, ou Benedetto. Todos, inclusive o conde de Monte Cristo, já se encontravam no tribunal e aguardavam o início das acusações.

O procurador Villefort tinha em mãos um documento que relatava todas as passagens do farsante pela polícia.

— Estamos diante de um criminoso foragido, cujo verdadeiro nome é Benedetto — começou o procurador.

— Sim, meu nome é Benedetto e sou filho bastardo do procurador do rei — disse o réu, levantando-se do banco.

— Como?... — Villefort empalideceu.

— Em 1817, meu pai alugou uma casa em um bairro afastado para esconder uma jovem grávida da sociedade parisiense. Ela morreu logo após dar à luz. Meu pai me colocou em uma caixa, porque pretendia enterrar-me vivo. Para minha sorte, um homem que assistia a tudo colocou uma pedra em meu lugar, salvando minha vida. A irmã desse homem cuidou de mim por alguns anos, depois fui levado para um internato. Vivi lá até os treze anos, quando fugi e comecei a infeliz carreira que me trouxe até aqui.

— É mentira! Você não tem provas! — Dois soldados precisaram segurar Villefort para que não atacasse Benedetto.

— Tenho sim, meu pai. — E, sorrindo, abriu um envelope. — O contrato da casa, a certidão de óbito de minha mãe e a declaração do médico atestando que o senhor é meu pai.

O juiz verificou que os papéis eram legítimos, e ninguém mais pôde duvidar das palavras de Benedetto naquele tribunal.

A fuga

Desesperado com tantas dívidas, Danglars tirou um bom dinheiro do banco, sem que ninguém percebesse, escreveu uma carta de despedida para a família e fugiu para Roma.

Edmond Dantés foi informado de sua fuga e pediu a dois bandidos que o sequestrassem em Roma.

Eles agiram rapidamente. Assim que a carruagem de Danglars passou por uma rua escura, dominaram o cocheiro. O banqueiro dormia e acordou tarde demais. Aterrorizado, pensou que havia sido descoberto pela polícia; no caminho para as catacumbas, porém, percebeu que estava sendo levado por bandidos. Ao chegarem a seu destino, eles trancaram Danglars em uma cela úmida e saíram rindo.

Danglars agarrou-se às barras de ferro da porta e gritou:

— Esperem! Tenho dinheiro! É isso que querem? Tenho fome, preciso comer alguma coisa... — choramingou.

Eles não voltaram e Danglars encolheu-se em um canto da cela. Não conseguiu dormir, com medo dos ratos e baratas.

De manhã, ao ouvir passos, correu até a porta e pediu comida. Os bandidos avisaram que teria de pagar caro, se quisesse comer. No final de uma semana, seu dinheiro já havia acabado.

— Quero falar com o chefe! Vocês devem ter um chefe, não têm? Sabem como uma pessoa faminta se sente? Já passaram fome algum dia? — começou a gritar.

— Eu já passei... — respondeu alguém com o rosto escondido por um capuz.

— Então sabe o que estou sentindo — retrucou, deduzindo que aquele fosse o chefe da quadrilha.

— O que está sentindo é pouco perto do que passei enquanto o senhor nadava em ouro... — A voz do homem era fria como gelo.

44

— Peço-lhe perdão... – suplicou Danglars.

— Então se arrepende do mal que causou?

— Sim, arrependo-me... – Danglars só queria que aquele homem lhe desse algo para comer e acabasse com seu sofrimento.

— Pois está perdoado... – O homem descobriu o rosto.

— Conde... conde de Monte Cristo! – exclamou Danglars com os olhos arregalados.

— Ou Edmond Dantés, se assim preferir. Aquele que o senhor traiu e que foi preso injustamente. Eu o perdoo, Danglars, porque também preciso de perdão. Na minha sede por justiça, não havia lugar para a morte. Infelizmente, Caderousse morreu numa briga com Benedetto, Fernand se matou depois que Mercedes e Albert o abandonaram e Villefort está louco. O senhor está livre... Pobre, mas livre! – Dantés abriu a cela para Danglars, que parecia estar vendo um fantasma.

Danglars olhou para ele, tremendo da cabeça aos pés, e depois saiu correndo pelos corredores escuros das catacumbas.

Confiar e esperar

De volta a Paris, Dantés preparava-se para partir para sua ilha. Lembrou-se então de Maximilian Morrel e Valentine Villefort, que estavam namorando às escondidas. Chamou Jacopo e pediu-lhe que levasse uma carta para eles.

Jacopo saiu para entregar a carta e Haydée desceu as escadas que levavam ao salão. Havia tristeza em seu olhar.

– Ainda não partiu, querida princesa?

– Sei que sou livre, Edmond, mas meu coração não é – suspirou. – Não percebeu ainda que ele pertence a você?

Edmond Dantés beijou sua mão. Sentiu que já não havia mágoa em seu coração. Estava apaixonado por Haydée!

– Case-se comigo, Haydée. Só o seu amor pode libertar para sempre o meu coração. – E beijou seus lábios.

Maximilian e Valentine ficaram surpresos com a carta de Dantés. Ele contava a história de sua vida e falava da ajuda que havia dado ao senhor Morrel, livrando-o da falência. Sentia-se culpado pela loucura que havia acometido Villefort, pai de Valentine, a quem pedia perdão. A carta dizia ainda:

Deixo a vocês, como presente de casamento, a minha casa em Paris, incluindo as joias que há no cofre. Ore por mim, Valentine... Quem sabe assim a minha alma possa ficar livre do remorso que ainda sinto. Aprendi que a sabedoria humana se resume nestas duas palavras: confiar e esperar.

Edmond Dantés, conde de Monte Cristo

– Onde está o conde? Quando o veremos outra vez, para agradecer-lhe? – indagaram Maximilian e Valentine.

– Ele partiu com Haydée, em busca de paz! – exclamou Jacopo, apontando o mar. – Aprendamos com ele a esperar e confiar. Um dia, o conde voltará!

Quem foi Alexandre Dumas?

Alexandre Davy de la Pailletterie nasceu no dia 24 de julho de 1802, em Villers-Cotterêts, perto de Paris. Ficou órfão aos dezoito anos e, dois anos depois, decidiu ir para Paris.

O conde de Monte Cristo é um romance histórico cheio de ação, assim como a vida de seu autor, que adotou o pseudônimo de Alexandre Dumas. Vários personagens e acontecimentos reais estão presentes na narrativa: a ida de Napoleão para a ilha de Elba; César Borgia, que realmente parecia usar de todos os meios para enriquecer; o Castelo de If, que foi usado como prisão para os inimigos do rei.

Dumas morreu em Paris, aos 68 anos, no dia 5 de dezembro de 1870, completamente arruinado. Deixou um filho natural, Alexandre Dumas Filho, autor de *A Dama das Camélias*.

Suas obras mais conhecidas são: *O conde de Monte Cristo, Os três mosqueteiros, Vinte anos depois* (continuação de *Os três mosqueteiros*), *A rainha Margot* e *A máscara de ferro*.

Quem é Telma Guimarães Castro Andrade?

Telma nasceu em Marília, São Paulo, e reside em Campinas há muitos anos. É formada em Letras Vernáculas e Inglês pela Unesp. Lecionou na rede estadual de ensino em Campinas até 1995, quando decidiu dedicar--se somente à literatura infantil e juvenil. Publicou seus primeiros livros infantis em 1988 e não parou mais. Recebeu o Prêmio da APCA de Melhor Autora em Literatura Infantil. Atualmente é autora de mais de 150 títulos infantojuvenis em português, espanhol e inglês.

O conde de Monte Cristo

Alexandre Dumas

adaptação de Telma Guimarães Castro Andrade
ilustrações de Cecília Iwashita

O jovem capitão Edmond Dantés estava
prestes a se casar com sua noiva Mercedes
quando viu seu destino mudar completamente.
Uma série de intrigas ocasionou sua
injusta prisão por quinze anos.
Depois de fugir da prisão, ainda precisou lutar
muito para atingir seu objetivo: encontrar o tesouro
de César Spada e procurar todos os responsáveis
por sua tragédia para fazer justiça.

Este encarte faz parte do livro. Não pode ser vendido separadamente.

REENCONTRO INFANTIL

editora scipione

Reconhecendo os lugares e as personagens da história

1 A história que você acabou de ler se passa em algumas cidades e ilhas localizadas em um único continente. Seus nomes aparecem acima do mapa a seguir. Consulte um atlas e depois observe o mapa.

Marselha   Ilha de Monte Cristo   Paris   Roma   Ilha de Elba

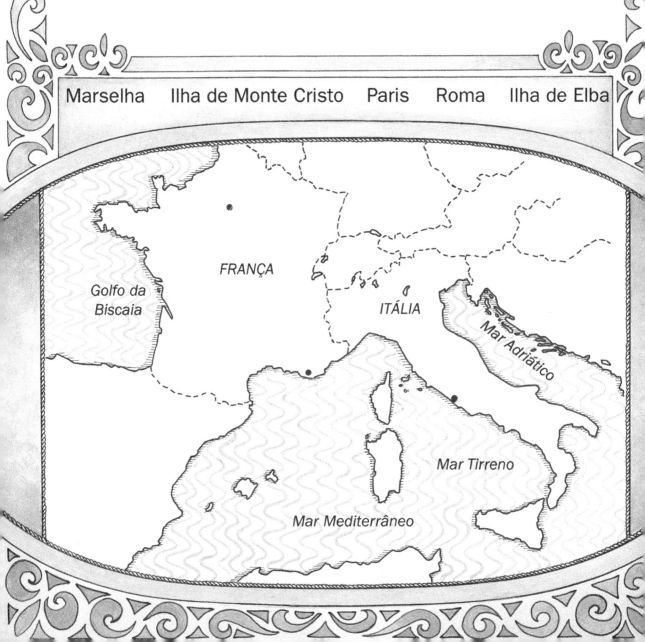

a) Localize no mapa as cidades e ilhas citadas na história, escrevendo seus nomes nos locais corretos. Faça uma bolinha para localizar as cidades.

b) Agora responda:

- Em que país fica a cidade de Paris?

   _____

- E a cidade de Roma?

   _____

- Esses dois países e as ilhas que fazem parte do cenário da história pertencem a que continente?

   _____

c) Pinte de amarelo os países e ilhas que fazem parte do cenário da história.

2) Quem é a personagem principal da história que você acabou de ler?

_____

_____

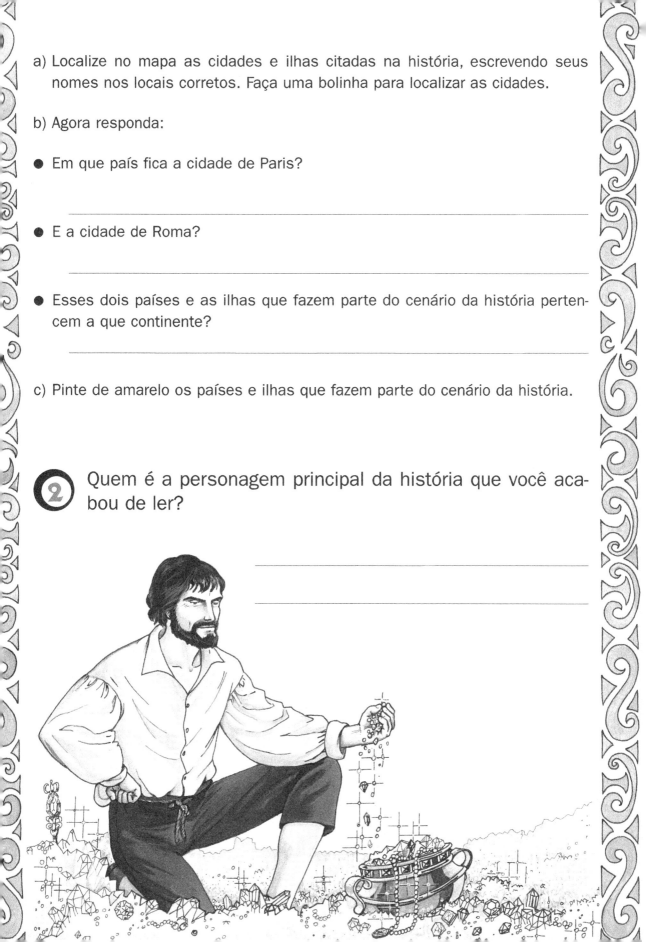

A personagem principal também pode ser chamada de **protagonista**. As personagens que se opõem a ela são chamadas de **antagonistas**.
Você consegue identificar as personagens antagonistas nessa história? Quem são elas? Escreva seu nome ao lado da ilustração e descreva as atitudes que as caracterizam como antagonistas. Veja o modelo abaixo.

Villefort – seu pai conspirava para o retorno de Napoleão Bonaparte e Edmond tinha uma prova disso: a carta escrita por Napoleão e endereçada a ele. Se o rei soubesse disso, Villefort perderia o cargo de procurador do rei.

Villefort

4 Para fazer justiça e punir os responsáveis por sua prisão, o protagonista contou com a ajuda de alguns amigos. Quem eram eles? Identifique-os nas figuras abaixo, pinte-os e depois escreva seus nomes.

_____

5 Procure no quadro os nomes de algumas personagens presentes na história que você acabou de ler e complete as lacunas.

```
T M A T E M E R C E D E S U O P C Z E I S T F Q O P
M O R R E L B N R W G I A T C J O L U R F É P C A H
D E V Q N Y C I W P O A L B E R T N S Y O D R K D E
Q I U G C B E R T U C C I O Y P E H E F L A N A L I
Q T E U I K A E E R I D S O U R R L E M C N T I O V
P H M N I T B A J E R E U G E N I E Y V E T P U Q Y
T P I B E N E D E T T O W T U G E D E N T É D Y I P
Q T E U I K A E E R I D S O U R R L E M C S T I O V
```

a) _____ era noiva de Edmond Dantés, mas, depois que o rapaz foi preso, não suportou a solidão e casou-se com o primo.

b) Quando saiu da prisão, Edmond soube que o senhor _____ estava arruinado e devia uma pequena fortuna ao banco da cidade.

c) Quando conheceu o conde de Monte Cristo, _____ não suspeitava que ele havia sido o grande amor de sua mãe e o rival de seu pai.

d) _____ , marinheiro que Dantés conheceu no navio pirata em que trabalhou depois de sua fuga, passou a ser um de seus fiéis servidores em seu retorno à sociedade parisiense.

e) O conde de Monte Cristo tinha um escravo mudo que atendia pelo nome de _____ .

f) Embora estivesse noiva do filho de Mercedes e Fernand Mondego, _____ não gostava do rapaz e desmanchou o noivado a pedido de seu pai.

g) Ainda bebê, _____ foi salvo da morte por um pirata e criado pela irmã deste como se fosse seu filho, mas isso não evitou que trilhasse o caminho do crime.

h) O senhor _____ acabou morrendo de fome à espera de seu filho.

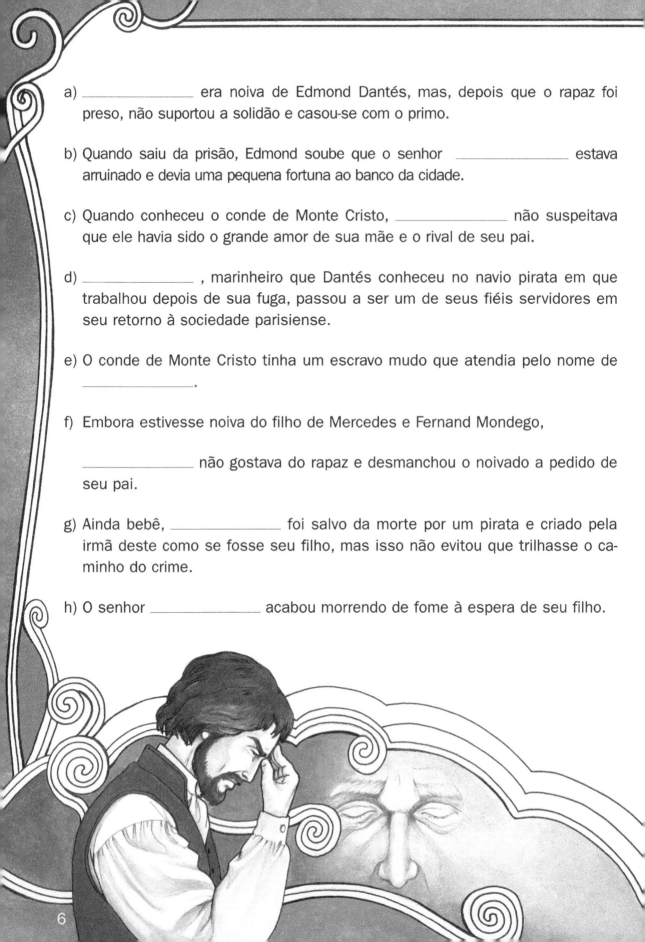

Organizando os fatos
e solucionando problemas

1 Após sua fuga do Castelo de If, Edmond resolveu procurar todos os responsáveis por sua prisão e fazer justiça. Escreva abaixo de que maneira ele fez isso com cada um deles.

Caderousse: _____

_____

_____

_____

Danglars: _____

_____

_____

_____

Fernand Mondego: _____

_____

_____

_____

Villefort: _____

_____

_____

_____

2 As ações do conde de Monte Cristo trouxeram consequências para os seus adversários. Quais foram essas consequências em cada caso?

Caderousse: _____

_____

_____

Fernand Mondego: _____

_____

_____

Villefort: _____

_____

_____

Danglars: _____

_____

_____

3 O que você acha da atitude do conde em relação aos responsáveis por sua injusta prisão? O que você faria se estivesse no lugar dele? Justifique.

_____

_____

_____

_____

_____

_____

Representando a história

1 De que trecho da história você mais gostou? Faça um desenho para representá-lo.

Certamente, durante a leitura, você imaginou como seria o Castelo de If e a Ilha de Monte Cristo. Desenhe-os no espaço abaixo.

CASTELO DE IF

ILHA DE MONTE CRISTO

Compreendendo
as expressões

1 Releia as frases a seguir, observando as expressões ou palavras em destaque, e depois responda.

• "– O que o **senhor me ensinou** até hoje é a minha **única riqueza**, padre! – respondeu Edmond, segurando a mão do amigo."

Em sua opinião, por que os ensinamentos do padre eram a única riqueza de Edmond Dantés?

_____
_____
_____

• "Nem seu próprio pai o reconheceria. Seu cabelo negro estava cheio de fios prateados; **seu rosto**, mais magro, **parecia de pedra**; sua pele, bem mais clara; e **seus olhos, frios como o aço**."

O que você entende pelas expressões destacadas acima?

_____
_____
_____

• "No caminho de volta para casa, Edmond pensou que talvez **tivesse perdido sua alma para sempre**."

O que significa "perder a alma para sempre"?

_____
_____
_____

11

2 Releia a frase escrita por Edmond Dantés em sua carta de despedida:

"Aprendi que a sabedoria humana se resume nestas duas palavras: confiar e esperar."

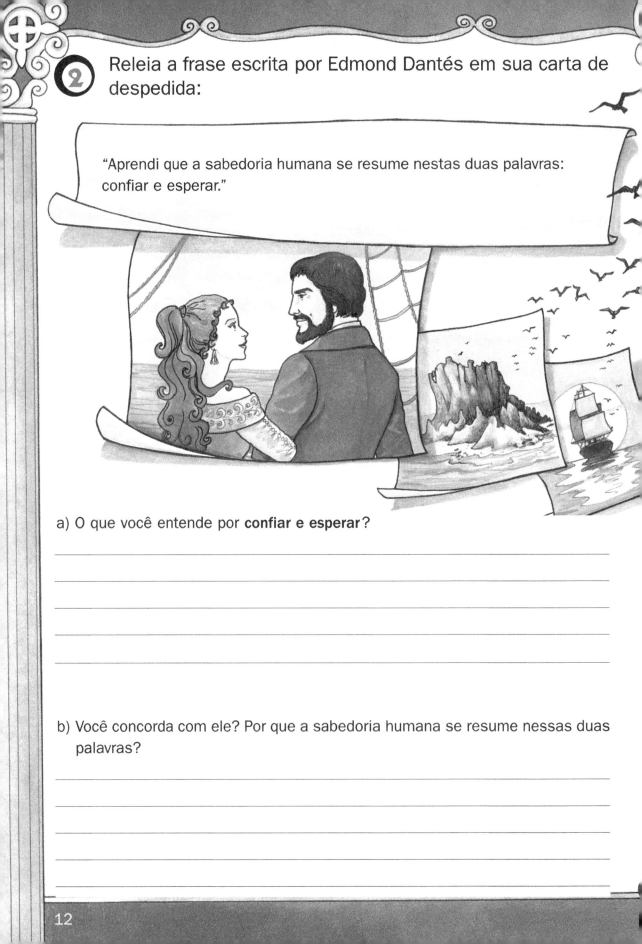

a) O que você entende por **confiar e esperar**?

___

b) Você concorda com ele? Por que a sabedoria humana se resume nessas duas palavras?

___

Identificando e expressando sentimentos

1 Muitos foram os sentimentos vividos por Edmond, não é mesmo?
Identifique os momentos em que ele expressou os sentimentos abaixo:

raiva _____
_____
_____
_____

tristeza _____
_____
_____
_____

saudade _____
_____
_____
_____

alegria _____
_____
_____
_____

② A leitura de uma história possibilita imaginar situações e viver as emoções das personagens. Para você, qual foi o sentimento mais forte durante essa leitura? Explique por quê.

_____
_____
_____
_____
_____

③ Escolha um dos sentimentos apresentados no exercício 1 e represente-o com um desenho. Procure imaginar as sensações que esse sentimento lhe causa.

Sentimento: _____

Divirta-se

1 Refaça toda a história vivida por Edmond Dantés seguindo as ilustrações.

Observe com atenção as duas cenas abaixo e encontre sete diferenças entre elas.